KB261716

평화시장

평화시장

평화시장

이한주 시집

갈무리

2000

　프로야구 선수들이 그 동안의 노예문서를 찢고 선수협
의회를 결성한다니까 그러면 프로야구를 안 하겠답니다.
그러거나 말거나 선수들이 총회를 강행하니까 얼르고 달
래고 납치까지 합니다. 어디 그뿐입니까. 가족을 동원하고
배후를 들먹이며 선수들 사이를 이간질시키고 있습니다.
　어쩌면 그리도 똑같습니까.
　노동자들이 모이기만 해도 개거품을 물고 급기야 조합
을 만들면 발악을 하는 우리네 사장님들과 어쩌면 그리도
똑같습니까.
　그런 KBO와 구단이 한편으론 대견하기도 합니다.
　스스로도 사람이 못할짓이라는 걸 아는지 노동자들의
신음소리가 새나가지 않도록 입막음을 하는 통에 우리들
의 정당한 요구가 감춰지고 왜곡되기 일쑤인데 이번 선수

협 싸움은 연일 신문과 방송에 실시간 생중계되고 있으니 KBO와 구단의 똥배짱이 고맙기도 하고 대견스럽기도 합니다.

왜들 그러는지 모르겠습니다.

가진 게 많아 나눠 줄 것도 많은 사람들이, 가방끈도 길어 순리도 알고 염치도 알 만한 사람들이 왜들 그런지 모르겠습니다. 처음 시집이 나와 이 사람 저 사람에게 고맙다는 말을 전해야 하는데 시집 서문도 제대로 못 쓰게 만드니, 나 원.

2000년 2월

이한주

제2부

살다 보면 본전 생각이 난다

제3부

잘 가라 빌어먹을 나의 20대여

제1부
프로는 아름답다

기능직 10등급

그것을 사러 갔다가도
사람들이 있으면 약국을 빙빙 돌던
초경의 내 사촌 누이처럼
직업, 공 무 원
침을 묻혀 꾹꾹 눌러 쓰다가도
직급을 물어 오면
벙어리 냉가슴 맴맴 도는 사람들

스물네 시간 맞교대 나는

아침 아홉시에 출근하면
다음날 아홉시에 퇴근하고
아침 아홉시에 퇴근하면
비가 오나 눈이 오나
일요일이나 빨간날이나
또 그 다음날 아홉시에 출근해야 하는
똑딱똑딱
스물네 시간 맞교대
내가 일하는 날은
비가 오지 말아야 하고
너무 춥거나 덥지도 말아야 하고
가을, 단풍이 너무 흐드러지지 말아야 한다
이틀 중 하루는
친구나 선배나 후배나 친척들 누구라도
아프지도 말며 결혼도 하지 말고
그 하찮은 모임도 하지 말아야 한다
나의 하늘이 이틀에 한 번 자전하는 것처럼
조간 신문도 이틀에 한 번 발행되어야 한다

그래야 한다
꼭 그래야만
월화수목금토일 대신
짝홀 짝홀로 사는
스물네 시간 맞교대 내가
사람처럼 산다

프로는 아름답다

한 하늘 아래
손 하나로 몇 억을 챙긴 야구선수의
땀 흘리는 모습이 아름답고
예술을 위해 옷 벗는 것쯤 아무렇지 않은 여배우의
예술혼이 아름답고
아무도 2등을 기억하지 않는다는 카피라이터의
당당함이 아름답기만 한데
달리는 열차에
뛰어 타고 뛰어 내리다가
삐끗 발가락 하나 다치기라도 하는 날이면
우리 가정 막막해지는
수송원 10등급
제 몸뚱아리 팔아 오늘을 사는
나는 얼마나 아름다운가
아름다운가?

오늘도 무사히

입환기를 도착선에 차 넣고 들어서면
신라면 두 봉지 보글보글
둥그러니 술자리가 선다
하 오늘도 무사히
저녁 남쪽 전철기를 째먹을 번했던 서현이가
가슴을 쓸어 내리고
술잔에 고향이 둥 둥 떠다닌다는 철식이
툭 툭
기차길 옆 오막살이 고향을 건져내는 동안
시큰 시큰 무릎이 아픈 신형은
진통제처럼 소주를 넘긴다
기관차 소리에 잠 못 이루고 뒤척이던
새벽 근무자가
눈 부비며 일어선 자리에
어깨 들이미는 달빛이
뽕짝 없이도
출렁 취해 가는 밤

목욕탕

오늘도 철푸덕 강형은
빨간 이태리타올로 손톱 때를 빼고 있다
일 끝나기가 무섭게 달려오면
벌거벗은 햇살 한 줌
반갑게 자리를 내주는 목욕탕
욕쟁이 채형이 툴툴 오줌발을 내뿜고
바글바글 비누 거품 걷히면
엊그제 내 집 마련한 임형의 배가 홀쭉
새벽참 라면을 쑤셔 넣던 김형의 배가 불룩
퇴근길 술 냄새를 맡느라
씻고 자시고 할 겨를이 없는 이형이 오늘은
아가씨를 만나는지 때 빼고 광내는 사이
전철기를 째먹을 뻔했던 막내 서현이가
가슴을 쓸어안고 들어서면
슥슥 얼굴만 문지르고 내빼는 신혼의 민형
하! 오늘도 무사히
지난 밤 깡소주와 신라면 두 봉지를 씻어 내는
서울역의 아침

당신도 밤새 안녕하셨는지요?

살기 위하여

10량 20량짜리 화물열차가
손짓 두서너 번에
오라 하면 오고
가라 하면 가고
철길에서 기관차와 씨름하는 일이
아장아장 딸아이를 데리고 노는 일처럼
신기하고 재미있다가도
잠깐 한눈이라도 팔라치면
으르렁 달려드는 열차들에
등골이 오싹한 서울역

호루라기를 목에 걸고
허리춤엔 무전기
입환지시서는 작업모에 쑤셔넣고
자갈밭에 서는 일은
지난 밤 아내와의 싸움도
콜록콜록 딸아이의 기침도
결혼기념일쯤 아무렇지도 않게 잊는 일이다

인천에서 청량리에서
이번 달에도 벌써 두 명을 묻은
자갈밭에 다시 서는 일은
차량을 연결하고
열차를 전선하는 일보다 먼저
내가 가진 모든 것을 버리는 일이다

자갈밭

둥근것 넓적한것 깨진것 모난것
그놈이 그놈 같은 자갈들에게도 제 각각 얼굴이 있습니다
한 삼 년 자갈밭을 구르다 보면
발 밑에 채이는 놈들이 말을 다 걸어옵니다
아프니까 살살 좀 뛰어내리라는 놈
도착선 전철기는 왜 안 잡느냐고 아는 체 하는 놈
싱긋 한번 웃어만 줘도
소주 한 병 싸들고 와 '야' '자' 친구 하자는 놈
이 눈치 저 눈치 알랑방구 뀌는 녀석은 왜 없겠습니까

스물네 시간 맞교대
맘 놓고 술 한 잔 할 수 없던 친구들이 떠나고
힘들고 위험하고 더럽다며 동료들이 떠나고
마지못해 얼굴 한 번 내밀던 햇살마저
떠날 수 있는 것은 모두 떠나 버린 자갈밭
엉덩이를 들썩이는 내게
바지가랑이를 잡고 놓지 않는 놈
큰 대짜로 누워 배 째고 가라는 놈

쪼르르 다른 줄로 옮겨 서는 녀석은 또 왜 없겠습니까

한 삼 년, 자갈밭을 구르다 보면
사람이 그리울 때가 있습니다
마음이 몸을 떠날 때가 있습니다
괜히 짜증만 솟는, 그런 날이면
응접실 고상한 수석도 되어 보지 못한 놈들이
새처럼, 비상하는 짱돌도 되어 본 적 없는 놈들이
눈치 하나 끝내 주는, 푼수 젬병 아 못난 그 녀석들이
얼음이 채 녹지 않은 철로변
언 손을 호호 불어가며
모두들 떠나간 그 자리에
노오란 민들레를 피워냅니다

천둥 번개 호루라기

비가 오면
천둥이 치면
죄 많은 사람은 알아서 꼭꼭 숨어야 한다는데
가난도 죄인 줄 모르고
기관차에 매달려 매미처럼 울었습니다 나는

천둥이 치면
벼락이 내리치면
몸에 지닌 쇠붙이들 모두 버려야 한다는데
비키세요 물러나세요
삑삑 철제 호루라기를 밤새도록 물고 달렸습니다 나는

당신이 잠든 밤
오늘 하루 철제 호루라기를 감싸준
하늘의 은총마저 잠든 밤
25000V 전차선 아래
천둥 번개가 또다시 치더라도
철제 호루라기를 입에 물고

밤새도록 울어야 합니다
서울역 수송원 나는

장기

식권 내기 장기를 두다 보면 안다
쌩쌩 독불장군 車가 달리고
요리저리 馬가 설치고 다닐 때면
당장 판이 끝날 것 같다가도
잘난 저희들끼리
치고 박고 싸우다가
나 몰라라 떠나는 것쯤은
식권을 몇 장 잃다 보면 안다
판세가 바뀌었다며
일확천금 외통수를 꿈꾸던 象이 손들자 하고
믿었던 包도 이제는 자신 없어 하는데
뒤로 한 발 물러설 곳 없는 卒들만
앞서거니 뒤서거니
어깨동무 모여들고

눈길 한 번 받아 보지 못한 못난 놈들만
모두들 손 털고 떠난 자리에
깃발로 펄럭이는 것이

어디
1200원짜리 장기판뿐일까

서부역 집회

근기법준수 리본을 달 때처럼
목소리를 낮추고
행동통일 하기로 했다
일 끝나는 대로
민자역사 지하 사우나탕

모처럼 때도 불리고
시간 맞춰
앞마당에서 벌어지는
근로기준법 쟁취 집회
투쟁 한번 하기로 했다

말이 공무원이지
기능직 10등급이 무슨 공무원이냐며
투쟁 한번 하자고 성화던 최형이
지하 사우나탕 언저리만 맴맴 돌다가
진급 케이스라는
김형과 총총 발길을 돌리고

괜히 우리만 나서기는 뭣하고
그렇다고 등 돌릴 수는 없어
용식이 채형과 함께
줄줄이 늘어선
계장 과장 뒤뚱뒤뚱 역장 엉덩이를 밟으며
민자역사 옥상으로 오른다

아침도 거르고 왔을
동료들의 얼굴 한번 보고
뒤돌아, 옥상 경비원과 실랑이하며
모올래 훔쳐보는
구호소리
노래소리
와자지껄 웃음소리
깃발로 펄럭일 때면
나도 모르게 뛰어내리고 싶다
나 혼자만 찍히는 게 두렵기만 한데

발바닥

스물네 시간 꼬박
철길을 헤집고 다니다가
눈치껏 작업화를 빠져 나와
숨이라도 고를라치면
더럽다고 저리 가라 하고
냄새 난다고 슬금슬금 피해 가는 사람들
눈 밖에 나지 않기 위하여
비누 거품 가득 부풀려 보고
발가벗겨 햇살 아래 말려 보기도 하지만
봄 여름 가을 겨울
갈라지고 터지고 진물 나는
내 청춘

민주대의원

1
약장수처럼 한 명은 봉봉박스를 들고
한 명은 앞장서고
후덥지근한 조차실
으레 더운데 고생 많죠 라며
봉봉 캔을 허리 굽신 따 주는 줄 알았다
선거나 매일 했으면 좋겠다고 생각하는 동안

서울역 대의원 출마를 결심하며
기껏 돈 안 되는 종이 나부렁이 꺼내 들고
갑반 진홍이와 을반 종수가
민주노조 운운할 때
아직 철도 잉크물도 마르지 않은 젊은것들이
겁도 없이 나선다며
사람들은 방구나 뽕뽕 뀌고 있었다

그저 그저 이맘때면
알아서 술자리 마련하고

살갑게 대하는 사람이 눈에 띄면
알아서 나왔겠거니
쿵하면 짝
그 동안 진 신세 이번에 갚을 수 있었는데

2
사사건건 과장에게 항의하고
틈만 나면 쑥덕쑥덕
우루루 부이사관 역장실로 몰려들더만
내 이럴 줄 알았지
하루아침에 연천으로 날라가고
원주 너머 신림으로 날라가고
막내 서현이는 부당전출이라며 싸우자고 했지만
사람들은 올 것이 왔다고 했다

예상을 깨고
일 잘하고 의리있는 행동파 종수와

유머있고 논리정연한 진홍이가
수송과 대의원이 됐을 때
그 때서야 제 일처럼 술렁술렁대던 사람들이
묵은 빨래 꺼내놓듯 불평불만 드러내던 사람들이
연천 간 종수의 캐비넷에 자신의 수건을 걸어 놓고
진홍이가 입던 작업복을 서로 점찍어 놓고 있었다

파업일지

교대 기관사들이 모인 농성장으로 빙 둘러 진압 전경들이 서고 잽싸게 TV 카메라가 서고 파릇파릇 신경이 곤추서길 벌써 며칠째 기관차마다 스티커를 붙이고 깃발을 내걸고 파업을 한대요 기관사들이 파업을 한대요

파업 첫날
- 남쪽 근무, 6·23 목요일 새벽 04시 30분
04시 13분에 도착하는 진주발 518열차 남쪽 한 마리를 끊어 도착 1번에 차 넣고 다시 6번 소화물 여섯 마리를 물러 가는데 파업이란다 비는 술술 내리고 기관차가 움직이질 않는다 파업이래요 수송을 깨우고 계장을 깨우고 05시 30분에 일어나야 하는 북쪽이나 06시 30분에 일어나는 본선 근무자는 조금 더 자라고 깨우지 말아야지 기관차가 멈추니까 평소 보기 힘들었던 흰색 와이셔츠 사람들이 우왕좌왕, 비는 술술 내리고 파업이래요

파업 이틀째
- 북쪽 근무, 6·24 금요일

　모처럼 다리를 쭉 뻗고 월드컵 축구를 봐도 재미가 없고 1200원짜리 식권내기 장기인데도 두는 둥 마는 둥 기관사처럼 파업도 아니고 평소처럼 일거리가 있는 것도 아니고 식당 가기도 귀찮아 끓인 라면이 퉁 퉁 불토록 하는 일 없이 피곤한 하루 TV를 켜면 낯익은 기관사가 보인다

파업 나흘째
- 본선근무, 6 · 24 일요일
　청에서 기관사로 나갈 사람 신청을 받는다는 말에 내년이면 징계가 풀려 차장으로 나갈 최고참 서형이 술렁이고 신호에 올라가면 비 맞을 일 없을 거라던 김형의 머릿속 계산이 복잡해지고 갓 전입온 이형이나 시보 딱지가 채 떨어지지 않은 막내 서현이는 위험하고 더럽고 힘든 이 곳을 빠져나갈 절호의 기회라 눈치껏 전화 다이얼을 돌려 댄다 나이가 꽉 차 이러지도 저러지도 못하는 수송의 임형 이미 분당선 언질을 받은 지도조차 이형은 사람들이 빠져나가 분당행이 보류될까 걱정이고 남겠다고는 했지만 일이 서툰 김형은 사고나 내 제 돈을 물어낼까 걱정이고 항상 반

박자 늦는 형광등 이형은 눈만 꿈벅꿈벅 조금 편하자고 제
식구 쫓아낸 자리를 꿰차고 들어갈 수 없다는 의리파 최형
아예 구형은 분실에 틀어박혀 동기 박형과 목하 심사숙고 중

파업 복귀 첫날
- 남쪽 근무, 6 · 30

속속 사람들이 돌아왔다 일주일만 더 견디었더라면 저
쪽에서 무릎 꿇었을 거라는 젊은 기관사의 아쉬움도 돈 50
만원 가지고 나와 속초에서 강릉으로 모처럼 잘 쉬고 왔다
는 일반직 기관사의 바캉스도 앞에 나서지는 못하더라도
남보다 먼저 복귀 신청은 안 했다고 자위하는 대머리 기관
사도 다음에 다시 할 때는 보다 조직적으로 행동해야 한다
는 기관조사도 속속 돌아오는데 보이지 않는다 그 기관사
가 보이지 않는다

유실물

  구로역 대합실에 오시면 유실물센터가 있습니다 전철에
놓고 내린 물건들을 모아 놓는 곳인데 가방이며 지갑이며
선물 꾸러미까지 없는 게 없지요 귀하고 비싼 건 쪼르르
달려와 화들짝 수선을 떨며 찾아가기도 하지만 곧잘 놓고
내리는 때절은 가방의 작업복은 아무도 찾으러 오지 않습
니다 가방을 열어보면 십중팔구 헌 양말이며 장갑이며 꾸
깃꾸깃 작업복이 들어 있지요 한때는 한 가족을 먹여 살리
는 밥이고 희망이고 내일이었을 그것이었겠지만 지금은
누군가 손을 내밀어 주길 목 빠지게 기다리며 유실물센터
한구석 식은땀을 흘리며 새우잠을 자고 있습니다
  그럴 리는 없겠지만 술에 취해 전철에 놓고 내린 때절은
가방을 찾으시려는 손님이 계시면 서울역 지하도로 오세
요 한 겨울인 지금도 불끈불끈 파란 힘줄로 다시 일할 그
날만을 꿈꾸며 깡소주에 새우잠을 자고 있는 사람들이 있
습니다

나는 왕이다 그들은 행복하다

인천발 의정부행 열차를 타고 가는 사람들에게
나는 왕이다
서울 하늘 아래
그 흔한 프라이드 하나 없는 어린 양들이
쑤셔넣고 구겨넣고 어떻게든
죄 많은 육신을 다 집어넣을 때까지
천국행 출입문을 닫지 않는
기능직 9등급 나는 목자시다
내 말 한마디면
승강장과 전동차 사이가 넓은 신도림역에서는
내릴 때 주의하여야 하고
무슨 일이 있어도
대방역에서는 왼쪽으로 내려야 하고
남영역에 다다라서는
우리 주변에 불순한 세력은 없는지 실눈 뜨고
감시, 감시하여야 한다
내 앞엔 모두 평등하다
노동자든 소매치기든 아가씨든 축구선수든

오줌이 마렵고 출근 시간이 늦어지더라도
내가 잠시 기다리라고 하면
언제까지고 기다려야 하는 그들은
내 목소리만으로도 행복하다

일공휴무

삼일절날도 쉬었는데
돌아오는 일요일 또 휴무가 걸렸습니다
아이가 손뼉치며 좋아하는 게
대공원이라도 가야겠습니다
돌아오는 일요일 손에 쥔 청첩장이 두 장
봄맞이 대청소도 밀리고
할머니집에도 들러야 하고
오랜만에 친구도 만나야 하고
몸이 열두 개라도 부족하기만 한 일요일
동동 발을 구르며 행복해 웃다가도
내심 마음이 무겁습니다
하루도 쉼 없이
일 박 박 돌고 돌아야
가계부에 붉은 줄 치지 않고
큰맘 먹고 부모님 용돈이라도 드릴 수 있을 텐데
빨간날이고 일요일이고 남들 다 쉰다고
한달에 두 번씩이나 쉬어도 되는 건지
삼일절날도 쉬었는데

돌아오는 일요일 또 휴무가 걸렸습니다
얼마 전 전입온 김형이
철도 6년 만에 처음 쉬어 본다고 신기해하지만
달랑 기본급 50만원에
수당을 따먹고 사는 네 식구 가장인 내가
이거 자꾸 자꾸 쉬어도 되는지 모르겠습니다

---

* 일 박 박 : 일근, 철야, 철야로 순환하는 전동차 차장의 근무 형태

나의 경쟁 상대는?

저녁 밥상에서
폼나게 시금치를 씹다가도
저 선전만 나오면
저 선전만 나오면
고작 노동조합이 어떻고
근로조건이 어떻고
불평불만만 늘어놓던 내가
마음이 급해진다
세계는 무한 경쟁시대
지금 이 시간
지구 저편 나의 경쟁 상대는
나를 목표로
조금이라도 덜 받고
한시라도 더 일하려고
자갈밭을 바람처럼 누비고 있을 텐데
술이 문제랴
그까짓 친구가 문제랴
내일 스물네 시간 맞교대

일찍 자고 일찍 일어나야지
주면 주는 대로
시키면 시키는 대로
시금치 먹고 힘 내야지

나의 경쟁 상대는
전 세계의 노동자

하계수련회

수영복을 폼 나게 입기 위해
몇 끼쯤 굶을 궁리를 하는 아내와
며칠 전부터 깡충깡충 아이가 손가락을 꼽는 동안
차표를 예매하고
고추장 된장을 챙기며
보이는 것만 믿는 우리에게
보이지 않는 사람이 있다

지랄 같은 팔월 한더위
덤벙 덤벙 물 속에 처넣고
노래방 기기 앞에서 가수가 되어 있는 동안
쌀을 씻고
감자를 썰며,
소리 나는 곳으로만 눈길을 돌리는 우리에게
한 발짝 비켜 서서
저녁밥으로 끓고 있는 그가 있다

설익은 밥을 무척이나 미안해하던 그가

북어국 아침을 위해
알람시계처럼 일찍 잠자리에 드는 동안
모깃불을 지피고
나이테만큼 소주병을 줄 세우며
밤새 격류하는 우리들의 강가
기억하리라
기억나는 것만 기억하리라

깔깔 물방울 튀던 하계수련회
사진 어디에도 드러나지 않던 그가
어느새 서울특별시 우리집 안방에 있다
수영 솜씨도
노래 솜씨도 기억나지 않는 그가
살갗이 벗겨지는 까만콩 아이의 등짝에
속살보다 더 푸르게 돋아나고 있다

체험 삶의 현장

카메라만 비추면
서둘러 사람들이 웃고
카메라만 비추면
매일 반복되는 일들이 즐거워진다

카메라만 비추면
작업복이 어울리지 않는 사람들
적당히 재밌고 적당히 힘들어 보이게
닭 몰듯이 몰아 대다가
때가 되면
진수성찬 막걸리잔에
노래 한 곡조 꽝
일하는 듯 놀고
노는 듯 일해도
오늘 하루는
누구 하나 실눈뜨고 감시하는 사람 없고
작업량을 다 채우지 못해도
하루 일당에 무슨 무슨 보너스

언제 나타났는지 사장님이 웃고

카메라만 비추면
최형이 꼭 꼭 숨는다

철도 노동자로 산다는 건

가게 일이 바쁜 엄마는
시어빠진 김치를 미안해했지만
내 중학교 점심시간은 늘 푸짐했었다
짝꿍 경섭이의 덴뿌라와
앞쪽 뒤쪽 아이들의 깍두기 콩자반
삼대독자 영식이의 쏘세지와 계란 후라이
하다못해 밥만 싸오는 경수의 삼십프로 혼식까지
참기름 대신 덴뿌라에 묻어나는 낙하산 기름으로
이리 흔들고 저리 섞어
석탄난로 주변으로 모여드는
우리의 점심시간은 늘 행복했었다

철도 노동자가 사람답게 산다는 건
부끄러움이면 부끄러움
비겁함이면 비겁함
공명심이면 공명심
그 옛날 도시락을 꺼내놓듯
조잘조잘 입이면 입

남아도는 시간이면 시간
하다못해 벌거벗은 몸뚱이까지
내놓을 수 있는 것은 모두
기꺼이 내놓는 일이다
흔들 흔들리면서
머리를 맞대고 살을 부비는 일이다

잠실야구장

제 힘만 믿고
머리가 먼저 돌아가면 안 되지
한방 욕심이 앞서
어깨에 힘이 들어가면
정작 힘 한번 써보지 못하고 물러나는
잠실야구장

어깨 힘을 빼고
나무 결대로
툭
공을 끝까지 살펴야 멀리 날아가는 것이
어디 야구뿐일까

빽

때론 알아서 적당히 살아야 하는 세상에
술밖에 모르는 요령부득인 나는
변변히 내세울 배경 하나 없습니다
높은 곳 고향 선배가 끌어 주고
힘있는 자리 학교 후배가 뒤를 봐주는
우리 김계장님처럼
때맞춰 이리저리 전화를 돌리며
큰 소리 뺑 뺑
스리슬쩍 목에 힘도 줘 봤으면 싶은데도
어느 한곳 넉살좋게 부빌 곳 없는 나는
장마철 빗줄기를 핑계삼아
술 끊었다는 술꾼들이나 모으고
동료 애경사에나 빠짐없이 몸뚱이를 들이밀 뿐
뻐기고 으스댈 배경 하나 없습니다

고백

　　— 기둥에 대하여

너는 나의 기둥이라고 말하는 사람들은
나의 고독을 모른다

선망과 질시의 눈길에
더 강해야 했고
더 화려해야 했고
사람들을 안심시키기 위하여
뿌리로 내려서기보다는
두 팔이 떨어져라 하늘을 향해야 했던 내가
환장할 그 봄날을 어떻게 견디어 왔는지
사람들은 물어 오지 않는다

눈을 피해, 밤마다
헐리고
파헤쳐지고
다시 덧칠해지는 동안
찬이슬에 발목이 시려 주저앉았다가도
날이 새면, 언제나 그 자리에

딱 부러진 어깨
불끈 불끈 힘줄로 당당해야 하는
나를 보고
강한 것이 아름답다고 하는 사람들은
곧 무너질 것을 예감하는
나의 고독을 모른다

제2부
살다 보면 본전 생각이 난다

어머니

파 한단
김치 한접시
뻔한 살림에
이 주머니 저 주머니 뒤져
잔소리 한 줌이라도
식지 않게 달려와서 쥐어 주시던 어머니

나이 서른이 다 되어도 받기만 합니다

사랑법 1

― 무궁화꽃이 피었습니다

1
어디 있는 걸까
눈을 가리고 뒤돌아서면
무궁화꽃이 피었습니다
동구나무 그늘 아래
매미처럼 울 때마다
한발 한발 꽃그늘 드리우던 영근이는
지금 어디 있는 걸까

무궁화꽃이 피었습니다
실눈 뜨고 감시하던 그 때를 떠올리며
다시 술래로 되돌아서서
무궁화꽃이 피었습니다
그 때보다 더 재빨리 뒤돌아보면
언제나 그 자리에 그 때처럼 멈추어설 듯 한데
무궁화꽃이 피는 지금
어디 숨은 걸까

2
아 보지 말았어야 하는 건데
가슴처럼 쿵쾅쿵쾅 뛰는 최루탄에
뒤돌아서 훌쩍이는 게 부끄러워
억지로 눈 부릅떴을 때
무궁화꽃이 피었습니다
술래인 내가
그렇게 찾아 헤매이던 너는
전선 저편
벽처럼 내 앞을 막아서고 있구나

고무줄처럼 당겨지는 너와의 거리가
고사리 손으로 다시 술래를 가르는 일이라면
더운 여름날
네 추억록 속에 그려질 무용담을 위해서라도
짱돌을 놓고 다시 뒤돌아서련만
힘겨운 너의 방패가
네 것이 아님을 알기에

나의 짱돌이
방독면 속에 가려진 너의 눈물로
다시 무궁화꽃으로
피어나는 지금
물러서지 않으마

사랑법 2

―그 해 여름

까닭 모를 오전 수업이 잦아지고
입대영장을 받아놓은 큰형이
한 줌 바람을 모아
안방 가득 재채기 꽃을 피울 때
신문의 행간을 뒤척이시는 아버지와
덩달아 불안해하시는 엄마 사이에서
이쪽 저쪽 눈치를 살피다가
오전 수업으로 남아도는 시간을
축구공처럼 높게 튀기던 그 해 여름

우리의 놀이터 효창운동장을
큰형 또래의 군인 아저씨들이
총을 들고 탱크로 막아서던 날
논산 훈련소의 충정훈련을
신문지에 둘둘 말아
싸제신발과 싸제옷 가득 보내오던
큰형은 자꾸
걱정마세요라는 말만

되풀이하고 있었어

사랑법 3
— 가난이 불편하기보다는 부끄러워

얼큰한 콩나물국과 함께
아버지의 피곤이 국자로 퍼 올려지는 저녁
밥상 밑으로
어머니의 밥그릇과 나란히
삼사분기 고지서를 꺼내놓을 때마다
가뜩이나 입이 짧으신 아버지는
식욕을 돋구기도 전에
수저를 놓으시고
난, 걱정마세요 걱 정 마 세 요
국그릇을 득득 긁으며
갈증을 계속 퍼담았어
나이만으로 한 편의 서정시였던 열일곱
또래들의 여유가
파스텔보다 여리게 행복으로 칠해져 가는 동안
벽지를 타고 스며드는 장마에
흥건해진 걸레를 쥐어짜면서
그만큼의 여드름을 솎아 내면서
공납금 인상분에도 미치지 못하는

아버지의 오십 평생을
난 받아들일 수 없었어
불편한 걸 따지기에 앞서 부끄러웠던 여름

상계동 순이

꺼칠꺼칠한 수염 대신
하늘색 잠바를
환한 웃음으로 그려 넣은
그림을 볼 때마다
나를 꼭 껴안으며 아빠는
행복이라고 했습니다

햇살을 잠재운 담벼락 위로
철거장이 나붙은 날에야
고물장수를 그린
그림 속에
일 나갈 때마다 꼭 챙기시던
아빠의 가위가 빠진 것을 알았습니다

아빠의 환한 웃음 한켠
가위를 다시 그려 넣기도 전에
세간을 정리하던 아빠는
그림 대신

할머니의 홧병을
보자기에 꼭꼭 동여맸습니다

아빠가 껴안아 주시던 행복이
자꾸자꾸 눈물로 지워지던 날
화난 아빠 몰래
아빠의 환한 웃음을
달랑 단칸방에 남겨 두었지만
그림 속의 아빠는
그림 속에 있지 않았습니다

형아

형아는 죽지 않았다
철우한테 딱지 따 주겠다던
어제의 약속을 지키기 위해서라도
형아는 죽을 수 없다
엄마도 울고 형아 후배라는 사람도 울고
삼촌처럼 울지 않는 대장감만 하나 더 있었더라도
형아는 금새 일어났을 꺼다
연속극 볼 때마다 질질 짜는 엄마를 지금 울리면
이따 테레비는 어떻게 보라고
나한테 한 마디 말도 없었던 치사한 형아
울면 대장이 될 수 없다고 그래 놓고
이 대장을 자꾸 눈물나게 만드는 형아
용서할 수 없는 형아지만
밥도 안 먹고 심통 부리듯 우는 엄마를 생각해서라도
마지막 열 셀 때까지 기회를 주겠다

열 형아는 나를 대장이라고 불렀다
아홉 형아는 나만의 충실한 쫄병이었다

여섯 눈짓을 하면 쫄병이 대신 반찬투정을 했다
넷 엄마 모르는 쫄병에게 애인이 있었다
하나 대장 말이면 쫄병은 무조건 복종한다고 했다
하나 반의 반 대장 성깔을 누구보다 쫄병은 잘 알고 있
었다
하나 반의 반의 반의 ……

이멍텅구리새꺄이러케까지대장이알랑방구코방구껴느데
새꺄안이러나꺼야새꺄넌이제짤려써새꺄너를짜르꺼야새꺄
엄마우름만그치면새꺄니가이러던말던새꺄상간안해새꺄그
리고새꺄말안할려고해는데새꺄대모나하고새꺄깜빵이나가
따오고새꺄넌어차피주서온노미어써새꺄그런주도모르고새
꺄

구례 박철구

　　— 농활

남도의 가난, 봉숭아의 수줍음을
라면봉지로 옭아매 주며
봉숭아물이 다 빠지는 올 겨울까지
사랑을 하여야 한다던 철구
지리산 눈물 방울이
땅 한 뙈기 보리 한 줌으로 엮어낸
남도의 한숨, 네 고향 구례
사랑만큼 흔한 매니큐어 대신
구례 산골 봉숭아밖에 따줄 수 없는
빨간 너의 수줍음을
흐늘흐늘 산처럼 안고
구례를 떠나 올 때도
돈 벌러 서울 간
네 누이 손에 그려질 매니큐어를
차마 이야기하지 못했다
네온싸인 밑에서
다시 봉숭아로 피어나는
네 누이의 꿈을

사랑법 5
― 편지

군사우편 소인에 가위눌린 그리움이
네게로 향할 수 있을까
똥숫간 다급한 눈치로 피어나던 은하수 연기를
고스란히 접어 네게 돌려줄 수만 있다면
일방통행 계급장은 체념이 아니련만
침상걸레를 쥘 때마다 쏟아지는 그리움에
하루에도 수없이
훈련복에 밴 절망을 내쉰다만
창살에 갇힌 너와
해방광장 짱돌처럼 뒹구는 민주주의를 떠올리며
네게로 향하는 길이
연병장 가득 뿌리로 엉켜사는 것임을 알기에
네 발길 끊긴
위병소 돌담 켠켠이
살아있음을 적어 보낸다

사랑법 6

― 떡볶이 아주머니

몸살 기운을 눈곱처럼 간신히 떼어 놓고
파 쫑쫑 마늘 톡톡
물이 많으면 물을 더 넣고
떡이 많으면 고추장을 더 풀어헤쳐
쓱삭쓱삭 3남 1녀를 키우신 손길로
언제나 서너 가닥
덤으로 놓아 주시던 아주머니

뒤돌아볼 여유도 없이
가파르게 가파르게 치닫던
스무 고갯길
아주머니가 가르쳐 주신 대로
물에 불린 다음
엿기름 두어 방울, 불을 지피고
어느 한 곳 눌지 않도록
고루고루 젓겠습니다

사랑법 7

― 겨울에서 가을까지

모자라는 건 채워 주고
넘치는 건 나눠 받으며
몸살처럼
경련처럼
발갛게 달아오르는 설레임 그대
사랑이란
두어 걸음 물러서서
한 걸음 내딛는 것

사랑법 8

― 청계천 평화시장

자르고 깁고 다리고
누이들의 눈물로 흐르던
복개천의 폐수를 알기에는
호기심보다 키가 작았을 무렵
발 밑에 돌을 얹어 놓고
까치발하며 몰래 넘겨보던 평화시장은
빨강 초록 옷가지보다
구경거리가 더 많이 널린
온통 내 희망이었습니다

엄마 품을 떠나
청계의 새벽이
실밥보다 촘촘히 박음질되는
열 시간 노동은 더 이상
밑줄치며 암기한 대로
신성하지도 신나지도 않았습니다

원고지 한켠 쉼표로 잠재우던

부끄러움을 버림으로써
자르고 깁고 다리며
구름다리 무지개로 피어나는
어린 동심들을 만날 때
비로서 빨강 초록 옷가지보다 먼저 팔리는
복개되지 않는 우리의 사랑을 보았습니다

---

* 구름다리 : 1970년 11월 13일 평화시장 재단사 전태일 열사가 분
  신 하신 곳

창신동

　　— 평화의 집

　　직접 찾아오시겠다고요? 그럼 1호선 지하철을 타시고
동대문역에서 내리세요

　　동대문 지하철역 다번 출구 계단을 오르다 보면 수원행
막차가 지날 때까지 개떡쑥떡팥떡을 풍채만큼 넉넉하게
팔고 계시는 아주머니가 계실 거예요 오실 때쯤이면 누런
변또에 김치뿐인 점심을 드실 시간이겠군요 살짝 목례라
도 하고 계단을 마저 오르면 한일은행이 보이지요 은행 옆
길, 언제나 개나리처럼 노오랗게 웃어주시는 김씨 아주머
니의 꽃집을 따라 고사리 손등처럼 오막조막 시장이 펼쳐
지지요 과일가게 대원식당 구두가게 옷가게 창신이발관
떡볶이집이 숨차게 놓여 있고요 마주보는 떡집과 옷가게
사이 파도 팔고 고등어도 팔고 떨이 사과도 파는 손수레들
이 노란색 중앙선으로 옹기종기 모여 점심을 들고 있지요
나른한 오후, 몇 몇 점심을 일찍 끝낸 젊은 사내들이 담배
를 입에 물고 아이들처럼 장난치는 슈퍼 앞을 지나면 찌그
러진 네갈래 길이 나오지요 금은방이 귀걸이처럼 걸쳐진
왼쪽은 창신약국이 나오는 유가협 가는 길, 재개발이 한창

인 위쪽 길은 건자재 가게가 죽 늘어서 있지요 지체 마시고 덜덜덜 미싱소리가 나는 곳, 오른쪽 길로 접어드세요 소반 가득 된장찌개가 끓고 있는 조그만 식당들 옆 하품하듯 교회가 서 있지요 넓고 높은 십자가의 그늘 아래서 잠깐 숨을 돌리다가 눈을 들어 앞을 보면 커피와 햄버거를 파는 포장마차가 보일 거예요 벌써 몇 번이나 구청직원에게 포장이 뜯겨 시름겨워 보이는 햄버거집 맞은편 골목 하나, 둘, 셋, 네 번째 한옥집이 바로 평화의 집 저희 사무실이에요

다시 한번 말씀 드릴까요?

열세 살 청계천
— 평화시장 1

나이보다 먼저 익힌 가난에
학교 담장을 훌쩍 뛰어넘은
열세 살
알면 뭘 얼마나 알겠습니까
그저 엄마 치마폭에 묻혀
혓바닥이나 히쭉삐쭉 내 보일
그 어린것이

노동을 알겠습니까
착취를 알겠습니까
흙이라도 파먹고 뒤돌아서면
금방 배고플 나이
단내 나는 엄마 젖가슴이
손에서 떠나지 않을
그 어린것이

눈깔사탕 같은 사장 말에
제 키보다 큰 원단과 씨름하다

쓰러져,
잠이 들 때면
그저 노는 것에나 정신 팔릴
그 어린것의 꿈 속은
온통
흐드러지게 피어나는
어깨동무 웃음꽃이 아니겠습니까

미싱을 멈추고
한줌 햇살에 휘청거리는
다락방의 점심시간
달랑 머리부터 빠져 나와
두 칸짜리 공동변소에 줄을 서다
초경도 이른 나이에
찔끔 찔끔 속옷을 적시는
열세 살의 눈물

죽기 아니면 살기
― 평화시장 3

학교 숙제보다 이력서를 적느라고
밤샌 적이 더 많다던 정형
직장폐쇄를 하면서도
아들 딸 같은 종업원 걱정으로
잠 못 이루는 인간적인 사장 앞에서
인간적인 눈물을 흘린 적도 있는
산전수전 정형
편지봉투의 월급을 뒤척일 때마다
뒤따라 붙는 소주병이
첫사랑 순이에서부터 청계까지
자리 한 번 뜨지 않는 밤
취해서 횡설수설하는 것하고
몰라서 뻘짓하는 것하고는 격이 다르다고요
취기가 오를수록 더 똑똑히 발음되는
온전한 우리들의 사랑
눈 감으면 코 베어 가는 사장놈 때문에
잠도 한 번 실컷 못 자고
팔자에도 없는 학습을 시작했다던

껄껄 정형
다시 한 번 더 직장폐쇄를 한다면
아들 딸 운운하는 사장놈 때문에
잠 설칠 일 있다면
씨팔 죽기 아니면 살기라며
양말 벗어 던지듯 쓰러져 잠든 정형

서울

　— 평화시장 5

겨우 노선버스를 익히고
새침데기 서울말에 간지럼을 타면서
시작된 시다 생활
봉숭아 꽃잎으로 물들어 가는
빠알간 오야의 꿈도
남영동 금성극장 앞
햇살처럼 쏟아져 나오는
또래들의 웃음 앞에선
언제나 눈이 부셔 얼굴을 들지 못해요
나도 그 애들처럼
거울을 보며 말씨도 고치고
웃는 연습도 해 보지만
몸이라도 아프거나
오야언니한테 쿠사리라도 먹는 날이면
밤차에 덜컹 덜컹 오르던 다짐들이
두번 세번 모질게 동여매던
그 다짐들이
주머니 속 만지작거리던 회수권마냥

자꾸 자꾸 구겨지고 말아요

한가족
— 평화시장 6

손 뻗으면 사모님 미싱이 닿고
씩 웃으면
사장님 재단판에 웃음이 미끄러지는
지하실 작업장
틈만 나면
우린 함께 흥하고 함께 망하는
한가족이라던 친형 큰오빠 우리 사장님
몸 성할 때 한 장이라도 더 뺄 욕심으로
저녁도 퇴근 후로 미룬 채
끊어질 듯한 허리를 미싱으로 다시 잇던
지난밤
흑싸리 한 장 붙지 않아
주머니 털고 일어섰다던 사장님과
색색가지 먼지만큼
하루종일 쿠사리를 먹고도
자리 털고 일어설 수 없는 우리는
아무리 생각해 봐도
한가족은 아닌 것 같습니다

애시당초 너는

―평화시장 9

애시당초 강철같이 단단한 데라곤 없었다
주위를 살피고 말소리를 낮추며
전략전술을 되뇌이지도 않았다
너는 다만
퇴근 후 동료들과 순대를 먹으며 수다를 떨다가
모임시간에 맞춰 헐레벌떡 달려오기도 하고
그 사람을 치마폭에 꼭 감싸안고도 싶은
네 보조개만큼의 수줍음이었다
노동자라고 부르면 외면했던 열여섯에서부터
아이롱에 데고 바늘에 찔리면서
죽은피를 죽 죽 뽑아내던 스물둘까지
야학에서 누굴 만나고
네가 무엇을 학습했는지
너의 가난
너의 겸손만큼 시시콜콜 다 알지는 못한다만
재단칼에 베인 동료들의 절망을
눈물샘 가득 동여매 주는 너의 싸움은
눈부시게 피어나는 사랑

사랑이었다
애시당초 강철같이 단단한 데라곤 없었다
주위를 살피고 말소리를 낮추며
전략전술을 되뇌이지도 않았다
너는 다만
잠들어 있을 동료들을 위해
내일 아침 찬거리를 준비하는
작은 바스락거림이었다

종합검진
— 평화시장 10

어릴 적 부모를 여의고도
인천 어디선가 두 손가락을 잃고도
병원에 가본 적이 없다던
재단판 막내 태식이가
병원엘 갔다
며칠 일당 날라가는 것도 문제지만
종합검진 받고 병이라도 있으면 어떡하느냐고
막무가내로 버팅기기만 하던 태식이가
속이 좋지 않아 항상 울먹이던 태식이가
병원엘 갔다

집에서 푹 쉬라는 의사선생님의 말씀을
잔업 특근 빼먹는 것으로 대신하며
병원은 병만 얻어 오는 곳이라고
또다시 울먹이던 재단판 태식이는
두 달 쉬면 낳는 병을
알면서도 키운다
한 달 쉬면

한 달 굶어야 하는
노동자의 깡다구로 키운다

출근길
— 평화시장 11

어떻게 들으면
똑 똑 똑
빗방울 소리 같기도 하고
또 어떻게 들으면
쿵쾅쿵쾅
첫사랑의 울렁거림 같기도 한 소리에
잠이 깼습니다

토악질이며 멱살잡이 술주정 고만고만한 인생들의 욕설이
하루 밤새 연탄재로 쌓이는 창신동
동이 터 오고

어떻게 들으면
둥 둥 둥
출정의 북소리 같기도 한
고만고만한 인생들의 종종걸음이
정세가 어떻고
전망이 어떻고

끝내 니기미 씨팔로 나자빠진 지난밤
잠을 확 깨웁니다

컴퓨터
— 평화시장 12

가래라도 뱉을라치면
검은 실타래가 졸졸 말려오는 지하실
환풍기라도 한 대 더 있었으면 하는
우리의 마음을 아시는지 모르시는지
지난 달 순자는 몇 장을 빼고
옥순이는 잔업을 몇 시간 더 했는지
새로 들여온 컴퓨터가
마냥 신기하기만 한 우리 사장님

위원장님 공판 때 했던 조퇴와
세수도 하지 못하고 뛰어왔던
5분 지각까지도
줄줄이 외워대는 컴퓨터 앞에서
우린 어느새
애는 몇 장짜리
쟤는 얼마짜리
컴퓨터만도 못한 미싱이 되고 맙니다

밤새워 자판을 두드리는데도
고장 한 번 나지 않는다고
대견스러워하시는 우리 사장님
아침부터 조여오는 생리통에
몇 번이고 조퇴를 입에 올려 보지만
빨갛게 찍혀 나올
샘물체 컴퓨터가 두려워
말도 꺼내 보지 못하고
죽어라고 밟아대는 저희 몸은
하루 밤새
자꾸자꾸 고장만 납니다

첫가투
— 평화시장 13

붙잡힐 거라는 예감에
동료들의 이름이 적혀 있는
수첩 대신
빗이며
거울이며
빨간 립스틱을
핸드백 가득 담아 온
첫가투

뾰족구두 동동
알몸의 주민증으로 떨다가
누군가와 어깨라도 마주치기라도 하면
원피스의 파란 물방울들이
출렁
흘러 내리는
청계천

문화학교 가는 길

— 평화시장 15

오늘따라
허리 한번 제대로 펴지 못한 시다판에
송이송이 땀방울이 맺힐 때면
이젠 노란 봄인가 싶다가도
문화학교 가는 길
공장보다 한 철 더디게 오는
청계의 밤 하늘은 얼어 있었다
천원에 열 개 귤을 담아 들고
덤 하나 별 하나 호호 담아 들고
쿵 쾅 쿵 쾅
계단을 오른다
딱 한 잔이면 사람 죽이게 웃어 보이는 신학이
자주 잊어버리던 안경을 오늘 숙희는 제대로 쓰고 왔을까
목이 긴 영애 신발이 보이고
아무렇게나 벗어 논 춘단이 하얀 운동화
토닥토닥 정숙이 그 옆에
새로 굽 갈은 현아꺼
휴

심호흡 한번 크게 하고
문을 열면
순대 떡볶이 반 가른 붕어빵 인자의 보조개
거기 저만치
봄이 와 있다

살다 보면 본전 생각이 난다

두 눈 부릅뜨고 하늘을 호령하여 보아도
쥐 죽은 듯 숨소리에 재갈을 물려 보아도
맨 주먹 맨 가슴으로 살다 보면
나누고 쪼개고 알뜰살뜰 회쳐 보아도
이판사판 호기롭게 취해 보아도
미끈 미끈 허벅지로 즐기자는 자본가 나라
달랑 불알 두 쪽 노동자로 살다 보면
스물여덟,
불길로 솟는 욕정처럼
하루에도 열두 번씩 본전 생각이 난다

신도림역 십자가 아주머니

— 평화시장 17

믿음으로 구원을 얻으란다
구원을 얻었음직한 십자가의 아주머니는
바람보다 무심히 지나치는 사람들을 붙잡고
용서를 구하란다
죄를 사하여 달라고 기도하란다
회개하란다
제 한 몸뚱이 팔아 발버둥친 댓가로
위장취업, 불순분자
제3자 개입의 범법자가 되어
사람들의 눈길이 마주칠 때마다
철렁 가슴이 내려앉는 나에게
원수를 사랑하느냐고 물어 온다
자본가가 없는 나라
지긋지긋한 노동에서 해방되는 나라
천국이 보이지 않느냐고 한다
참말이지
밤잠까지 설쳐 가며 우리가 꿈꾸었던 세상이
십자가의 말씀으로 증거한다는데

가족사진처럼 평온하기만 한 서울 하늘 아래서
오늘도 노심초사하는 아내와
아빠를 기다리다 잠든 아이의 꿈을
이 골목 저 골목 몇 번이고 뒤돌아보며
무참히 짓밟아 버리고 말았구나
한 손에 아이의 손을 또 한 손엔
구원의 십자가를 들고
일요일 교회당 계단을 오르며
기도하고 회개하고
몇 번이고 원수를 용서할 수 있는 길이 있었는데
난 너무 돌아왔구나
너무 몰랐었구나

하늘과 땅이 만나고
눈길과 눈길이 부딪치는 신도림역
십자가의 아주머니는
믿음으로
자본가가 없는 나라

지긋지긋한 노동에서 해방된 나라
노동해방을 이루란다

지금 나의 시가

— 평화시장 18

노래가 되었으면 좋겠다
다단조처럼 분위기를 잡거나
바장조처럼 화려한 그런 것이 아닌
그냥 사분에 삼 박자
허리 펴는 짬짬이 부르는 노래
노랫말이 생각나지 않으면
노래 좋아하는 금이가 맘대로 고쳐 부르는 노래
부르다 싫증나면 나오시마냥 내팽개쳐지는
지금 나의 시가 그런 노래였으면 좋겠다
내 서른의 상징과 격정으로는
울렁이는 시대의 노래가 되지 못해
원단더미 아래 곰팡이로 숨막힌다 하더라도
누군가 손이라도 내밀면
순대 떡볶이 불평 불만 ……
그 무엇이라도
그의 것이 되었으면 좋겠다

푼수끼 그대로

— '청계사람' 창간을 축하하며

이제
창신동 골목길을 들어서지 않아도
줄무늬 남방에 청바지
그가 거기에 있다

수줍은 열일곱에 와서
차돌만큼 단단해지기까지
습관처럼 달려갔던 곳
일이 없어도 문을 열어 봐야
마음이 놓이던 사무실
설거지 안 한 라면 그릇으로
불 꺼진 모임방 홑이불로
눈물로, 동지로
그 곳에 그가 있었던 것처럼

이제
옛 추억을 들썩이지 않아도
늘어진 뱃살 빼고는 푼수끼 그대로

그가 거기에 있다

그린호프에서 혹은 부엌방에서
내 젊음을 반쯤 마셔 버린
그가
결혼사진 멋적은 모습으로
돌날 함박웃음으로

‘청계사람’이 청계 사람들 속에 있다

제3부
잘 가라 빌어먹을 나의 20대여

우리 할머니

역시 무식장이인 큰아버지에게
높은 양반들과 담소를 할 때면 연신 '그럼, 그렇고 말고'
를 숨쉬듯 내뱉고 가끔 고개를 끄덕여 주면 가난보다 죄스
러운 무식이 탄로나지 않는다던 바람 풍 우리 할머니

못 배우고 냄새나는 농투산이와 막걸리라도 한 잔 걸칠
때면 목소리 큰 놈이 이기는 뱁이니께 '아녀, 아녀'를 곁들
이며 목청을 돋구라던 바담 풍 우리 할머니

겨울나기

막차가 지나면 으레 마을 청년들은
철구네 사랑으로 모여들었다
동네 개가 컹컹 겨울 밤을 접는 사이
누가 먼저랄 것도 없이 나이롱패는 돌려지고
설 쇠러 내려온 순이가 귤을 안고 들어서는 밤
판돈을 모아 두엇은 구판장으로 갔다
발을 가린 이불 위로
소복소복 쌓이는 스무 몇 해의 겨울
막걸리가 건널 때마다 순이의
63층 서울은 끊어졌다 이어지고 철구는
식어 가는 구들에 장작을 들이밀었다
몇몇은 웃목에 벼포기처럼 쓰러져
코를 골며 시렁시렁
몸을 뒤척이는 사랑방의 밤
순이의 해수욕장이 깔깔 물방울을 튕길 때
바닥난 동치미 그릇을 내팽개치며 칠성이는
지난 가뭄처럼 타들어 가고 있었다
안채에서 군불 지피는 소닥거림과 함께

모두들 엉거주춤 일어설 때
밤새 내린 눈은
새벽 첫차에 실려가고 있었다

초동리 노래자랑

너도 나도 떠나왔다 싶어 뒤돌아보면
싸리비질한 운동장 그대로
이순신 장군이 지켜 선 초동 국민학교
오랜만에 만나는 반가운 얼굴들이
펄럭펄럭 내걸리는
대보름 맞이 초동리 노래자랑
서울서 큰 돈 벌었다는
근식형님과 1년 후배 성식이
전기밥솥 냉장고 테레비 쌓아 놓고
사진빨 나란히 웃음 짓는 동안
고향 땅만 서면
홀짝홀짝 취해 가는 사람들이
애국조회 교단
즉석 밤무대 가수가 되어
뽕짝처럼 간드러지게 꺾여 넘어가는
팔월 한가위
불콰한 양달 경구氏 흥을 돋고
덧니처럼 반짝이던

새침데기 동창생 순이가
애 둘을 들쳐업고 얼러안고
엉덩이 쏠럭이는 내 고향 초동리

할머니 제삿날

개가 짖을 사이도 없이 빨간 프라이드
큰형이 들어서고 인천형의 과일차가 들어서고
가지 많은 할머니의 아들 형제들이
살아 당신처럼
동구나무 그늘로 서성이면
젖은 손 줄줄이 따라 나오는 칠월 초사흘
저녁상을 물리고
아버지 형제들이
비스듬히 물러앉는 사이
시누이 올케 조카 며느리들의 빡빡한 서울살이가
설거지 그릇으로 포개지고
손전등에 자전거에 아랫마을 아저씨
두루마기 당숙 할아버지가 헛기침 두어 번 들어서면
유세차
제문을 쓰시던 막내 작은아버지가 일어서는 할머니 제
삿날
홍동백서 조율이시
평소 당신이 좋아하시던 도토리묵만큼은

손 가기 좋은 곳에 바짝 당겨놓은 제상 앞으로
하나 둘 모여들어
자식이 재산이라던 당신을 떠올리는 동안
일 끝나기가 무섭게 달려온
마산형이 꾸벅 두 번 절하고
다시 여섯 시간 마산으로 돌아가는 충청도 공주 산골
가지 많은 동구나무가 밤새 뒤척이는 밤

첫월급

그 동안 돈벌이 못 하는 것도 막내의 응석이라고 받아
주시던 부모님께 월급이라고 손에 쥐어 드리면 어떤 표정
지으실까? 청계 친구들 — 결혼을 앞둔 사무장과 샴페인이
들어 있는 근사한 저녁이라도 한 끼 하고, 새로 시작한 문
학반 친구들에겐 영화라도 한 편 보자고 해야지 그보다 먼
저 모임 있는 날 사무실에 봉봉으로라도 폼 한 번 재고 문
화학교 강사들에겐 '아줌마 저 월급 탔어요' 그린호프에서
호기 한 번 부려 봐야지 지도위원이나 위원장한텐 머리고
기라도 한 접시, 항상 주머니 빈 채로 만났던 기념관 사람
들에겐 생선회라도, 군포에서 식당 하는 호창이형네한테는
찾아온 것만 해도 어딘데 하며 삼겹살 얻어먹고 수박이나
한 통 내밀까 정기구독 하는 『길』지엔 밀린 구독료나 완
납하고 문학의 밤을 준비했던 지노문 사람들에겐 중간에
도망친 대가로 소주라도 넉넉히 대 놓고 용서를 구해야지
백수인 덕에 감투를 썼던 친목회엔 밀린 회비를 우선 내고
어떻게 돌아가는지 모임의 실세 화서한테 은근슬쩍 물어
봐야지 마음뿐 전화 한 번 변변히 못 하는 중문 친구들에
겐, 선배랍시고 꼬박꼬박 '문향'을 부쳐 주는 문동 후배들

에겐 또 어떻게 마음을 전하지 필요할 때만 헤헤 찾아오는
밉살스런 놈을 잘도 챙겨 주던 선배들에겐 내가 잘 사는
게 오히려 도와 주는 것일 테고 부담이 없어 부담이 많은
내림, 내림 동인들에겐? 좋은 시를 써야 할텐데 적게 먹은
날을 골라 술값이라도 한 번 내야 할텐데 그리고 그저 고
맙기만 한 아내에게도 나의 마음을 전해야지, 내년 봄에나
안아 볼 수 있을

신혼일기 1

30만원짜리 노동조합 상근 간부와
40만원짜리 노동단체 상근 간사가
짜릿짜릿
눈빛과 눈빛으로 만나
겨울, 시린 어깨로 만나
사랑으로
평등으로
주례사의 투쟁으로도 미처 채우지 못한
가계부의 빈자리를
60촉 백열등
식지 않을 가슴으로 채워 갑니다

집에 돌아오기가 무섭게
방을 치우고
식성 좋은 아내를 위하여
그릇 가득
식은 밥처럼 아내를 기다리다
깜박 잠들 때도

창신동 비탈을 오르던 달빛은
잠시 멈춰 서서
저어기
모임에 지친 아내의 손을 잡아 줍니다

신혼일기 3
— 일요일

팽이처럼
밖으로 밖으로만 나돌다가
두루루
앞치마를 두르고
저녁밥을 짓는다
감자도 볶고
시금치도 무치고
국만 끓으면
밥상 가득 들어찰
모처럼만의 안식에
진득허니 끓어야 한다던
콩나물국을
몇 번이고 엿보다
화들짝
비린내를 피우는 일요일 저녁
화장대 거울을 닦다 말고 아내는
전화통 앞에서
열두 번씩

표정을 바꾸어 가며
콩나물국으로 끓는다
한땀 한땀
미싱으로 밟혀 나오는
순대모임
떡볶이모임이 깨질세라
구석 구석
보이지 않는 틈새까지
손걸레질 하는
아내의 전화가
국이 다 쫄아붙도록 계속되는 밤
포르륵
끓기도 전에
콩나물 비린내만 피우는
나의 조급증을 끓인다

잘 가라 빌어먹을 나의 20대여

어깨에 어깨를 걸고 출정가를 부르며 나아가던
어제의 용사들이
하나 둘 넥타이를 풀어 헤치고
충무로 숯불갈비집 의자를 당겨 앉는다
얼굴을 가리고
익명으로 살았던 그 옛날의 무용담이
지글지글 숯불갈비로 타 들어가는 밤
술잔을 건넬 때마다
부지런히 누구누구 딸애의 백일과
청첩장 몇 장,
명함을 돌려 받으며
낯선 이름말고는 하나도 변하지 않은
어제의 용사들이
충무로 숯불갈비집 골목
모처럼만에
어깨에 어깨를 걸고
조직적으로 오줌을 갈긴다

출근길이 바쁜 아내가
찬밥 한 덩이 던져 놓고 간 것처럼
석유와 신나가 뒤섞여
꽃병으로 불붙던
나의 20대는 그렇게 갔다

겨울

가난보다
서너 발짝 앞서 오는 겨울이
발을 뻗어
창신동 아랫목에
잠시 머무는 사이
동화처럼
눈이 내리고
비탈길,
아이들은
햇살을 주워 봄이 된다

부끄러움

한 달에 한 번쯤은
포크 나이프 외식도 하고
곧 태어날 아이를 위해
깨알같이 적금도 하며
서울특별시의 어엿한 세대주로
둥실 두둥실 조각구름처럼
평온해지고 싶기만 한데

왜, 자꾸자꾸
짱돌을 들지 못하는 내가 부끄러운가

여유

나는 지금 100만원도 넘게 받는다
전기세 전화세 TV시청료 밀리지 않고
가끔 찾아오는 후배들에게
2만원어치 술 살 수도 있고
아내의 잔소리만큼
꼬박꼬박 적금통장을 늘려 가는 세 식구 가장
아직은 아내의 화장품이나
내 옷 사는 것이 부담스럽기는 하지만
쓰리고에 피박을 맞아도 고스톱이 재미있고
한 달에 한 번 돼지갈비 외식이
나는 즐겁다
술 마시고 돌아오는 날이면
주머니를 박박 털어서라도
아이의 장난감 하나 던져 두고
옷 입은 채 그대로 곯아 떨어지는
내 詩 한 줄
나는 지금 100만원도 넘게 받는다

증명사진

왼쪽으로 두서너 번 손짓하면
머리를 왼쪽으로
손을 아래로 내리면
턱을 밑으로 쑥
밀실 저편에서 웃으라는 만큼만
웃고
머리카락 한 올
내 마음대로 쓸어 올리지 못한 채
팔이 잘리고
두 다리가 잘려 나간
생경한 얼굴 하나
저게 나란다
입 한번 뻥긋 못 한 채
웃지도 울지도 못하고 엉거주춤한
저게 나란다

내 나이 서른

길을 가다 문득 멈춰 서서
어깨를 쭉쭉 펼 때가 있습니다
필터까지 타 들어가는 담배꽁초에
겸연쩍었던 적이 또 몇 번 있습니다
나의 남편이 유정이의 아빠가
너무 구차스럽고 옹색해 보이면 되겠느냐고
내 가슴 속 훈장처럼 매달아 주던
아내의 말이 생각날 때면
시계불알처럼 똑딱이던 퇴근길
그 바쁜 걸음을 돌려
서점이라도 한 바퀴 둘러봅니다
'남자답게 사는 법'
'남들처럼 즐겨요'
모처럼 두어 권 책을 담아 오다가도
남영 전철역 앞
불심검문이라도 받는 날이면
주민등록증공무원증통일호무임승차증
방긋 유정이의 사진까지

속살을 홀딱 홀딱 다 내보이며
담배꽁초처럼 타 들어가면서도
정작
화염병처럼 불타는 가슴을 드리내 보이지 못합니다
내 나이 서른

퇴근길

—우리 동네

퇴근길, 초코렛이라도 하나 든 날이면
집에 오르는 길이 한결 가볍습니다
부로농원 간판을 밀치듯 올라서면
빨간꽃 노란꽃 예쁜꽃들이 반갑게 맞아주고요
송글송글 땀방울에도 꽃 냄새가 납니다
오늘따라 바쁜 주인집과 눈 맞출 새 없으면
멍멍 곰순이와 순순이가 대신 인사하지요
화가인 호제아빠는 오늘도 흰 런닝에 줄무늬 반바지
저 멀리서 달려 나오는 아이들에게
초코렛 하나면
신이 난 유정이가 지난 하루를 시시콜콜 다 일러바치고요
용우는 아빠보다 초코렛이 더 반갑습니다
복날 넘긴 솔솔이가 푸지게 하품하는 오후
씻는 둥 마는 둥 마음이 먼저 달려간
텃밭엔 없는 게 없지요
토마토 오이 참외와 수박 고추 가지 청경채 근대
하다못해 잡풀까지
바람 부는 날이면 뿌리를 키우고

비가 오는 날이면 키가 쑥쑥
오늘처럼 햇볕 쨍쨍한 날엔
참외 수박 곁에 기어이 꽈리고추를 심어 놓은
내 욕심이
적 나 라 하 게 익어갑니다

할머니집 가는 길

빨간꽃 노란꽃 처음 보는 꽃들이 예쁘고
마주치는 언니 오빠 친구들이 반가운
엎어지면 코 닿을 할머니집 가는 길
귀 기울여, 참새처럼 날다가
멍멍이와 멍멍 인사도 하며
눈 따로 발 따로
세상 구경 가는 길
넘어지면 훌훌 손 털고 가는 길

세상은 방안과 달라
그림자로 네 뒤를 따른다만
네 발걸음 멈추게 하는 것이
발목을 부여잡는 돌부리로만 보여
저 꽃이 개나리란다 말해 주지도 못하고
네 다음 발걸음만 걱정하며 가는 길
뒤뚱뒤뚱 네가 넘어질 때마다
내 가슴 파아랗게 멍이 들어 가는 길

발 밑을 살피며 걸어도 조바심 나는 길과
부딪치고 깨지며 걸어도 즐거운 길이 만나는
할머니집 가는 길
손을 뿌리치는 네게 조바심을 치다가도
한달음 눈부시게 피어날 때면
살랑 바람이라도 되어
네가 넘어지면 따라 넘어지고
네 발걸음 멈춘 곳 따라 멈추며
얼굴에도 무릎에도
온몸 훈장 달고 함께 가는 길

20년 후

그러니까 내 나이 쉰하나
20년 후의 네 모습은 어떨까
친구들과 어울려 술 먹고 들어온 네 얼굴은
아빠처럼 발갛게 달아오를까
엄마처럼 뚱뚱한 수다쟁이가 될까
빨간 연지에 짧은 치마
너는 또 얼마나 예쁠까
사랑도 하고 눈물도 짓고
아빠의 스무 살 때처럼
세상을 향해 일어서는 네 모습

20년 후의 내 모습은 어떨까

나를
부끄럽게
하는
아름다운
시

평화시집

나를 부끄럽게 하는 아름다운 시

민종덕 (전태일기념사업회 이사)

시에 대해서 아무 것도 모르는 나에게 자신의 시집이 발간되니 발문을 써 달라는 이한주 시인의 부탁을 듣고 몇 날 며칠 간을 고민했습니다. 나는 평론가도 아니고 문인도 아니고 그렇다고 유명인사도 아니기 때문입니다.

더구나 나는 평소 글 중에서 가장 어려운 글은 시라고 생각하며, 이 어려운 글을 쓰는 시인이야말로 성스러운 사람이라 생각해 왔습니다. 순수하고 맑은 영혼을 지니지 못한 사람은 아무리 재주가 많다 해도 좋은 시를 쓸 수가 없기 때문이라고 생각합니다. 이러한 생각은 내가 온갖 세상사의 더러운 것들에 찌들어 갈 때마다 더해집니다. 그래서 더러워진 내 영혼의 때를 조금이나마 털어 내고자 할 때는 좋은 시를 읽곤 합니다. 이처럼 시와 시인은 나에게 있어서 외경의 대상입니다. 그런데 이한주 시인이 나에게 발문을 써 달라고 하니 고민하지 않을 수 없었습니다. 내 글이 자칫 시인의 그 순수하고 맑은 영혼에 흠이 되지나 않을까 하는 우려 때문에서입니다. 그러나 다른 한편으로 생각해 볼 때 하필 나 같은 사람한테 발문을 요청할 때는 나름대로 그만한 이유가 있어서 그런 것이 아닌가 싶어 낯뜨거움을 무릅쓰고서 응하기로 했습니다.

이한주 시인과 내가 알게 된 인연은 청계피복 노동조합을 통해서입니다. 85년부터 87년 6월까지 내가 청계피복 노조 합법성 쟁취 투쟁 관계로 구속되어 있는 동안 청계 노조 조합원들은 청계 노조를 지키기 위해 눈물겨운 활동을 하고 있었습니다. 다양한 조합활동 가운데 하나가 청계 문화학교였는데 이한주 시인은 이 문화학교 강사로 진작부터 일을 하고 있었습니다. 문화학교 강사로 일을 하고 있는 동안 청계피복 노조 간부인 이경현 씨와 결혼도 하고 나중에 청계천 공장에 취업도 하여 명실상부한 청계 식구가 되었습니다. 그는 결혼 전에 취직을 했는데, 맨 처음 취직한 곳이 대기업 홍보실에서 사보를 편집하는 일이었다고 이야기를 들었습니다. 그런데 취직한 지 몇 달 안 되어서 직장에 대한 고민을 하는 것을 보았습니다. 대기업에서 사보를 만드는 일이라는 것이 결국은 자본가의 입장에서 자본가 이데올로기를 생산하고 전파하는 것이라서 이한주 시인의 품성으로서는 도저히 안주할 수 없는 곳이었습니다. 그는 안정된 그 직장을 때려치우고 실업자가 되었습니다. 결혼을 앞두고 실업자가 된 것입니다. 그는 청계 문화학교 일을 열심히 하는 한편 전태일기념사업회의 전태일문학상 실무 일과 운영위원 일을 열심히 하게 되었습니다. 이러한 인연으로 해서

134

나는 지금까지 이한주 시인과의 관계를 지속적으로 가지고 있
습니다.

　나는 이한주 시인의 시를 통해서 몇 가지 부끄러운 나를 고
백하지 않을 수 없습니다. 나는 지난 시절 노동운동을 한다고
설쳐 대고 그걸로 해서 어려움도 당했지만 그것보다는 오히려
많은 것을 배우고, 유명(?)해지기까지 했습니다. 세상을 금방
뒤집어 버릴 것 같은 만용을 부릴 때도 있었습니다. 그 때 나는
이한주 시인과 같은 대학 출신들이 노동현장에 들어오는 것을
볼 때 솔직히 '젊은 시절 한때 거쳐가는 것이겠지' '관념적인 이
론에 사로잡혀 한바탕 휘젓고 지나가는 그 동안 많이 보아온
학출들 중 하나겠지' 하고 처음에는 별로 관심을 가지지 않았
습니다. 운동 상층부들이 갖기 쉬운 오만이 깔려 있었던 것이
지요. 그러던 나는 지금 무엇을 하고 있는가?

　　　식권 내기 장기를 두다 보면 안다
　　　쌩쌩 독불장군 車가 달리고
　　　요리저리 馬가 설치고 다닐 때면
　　　당장 판이 끝날 것 같다가도
　　　잘난 저희들끼리
　　　치고 박고 싸우다가
　　　나 몰라라 떠나는 것쯤은
　　　식권을 몇 장 잃다 보면 안다
　　　판세가 바뀌었다며
　　　일확천금 외통수를 꿈꾸던 象이 손들자 하고
　　　믿었던 包도 이제는 자신 없어 하는데
　　　뒤로 한 발 물러설 곳 없는 卒들만

앞서거니 뒤서거니
어깨동무 모여들고

눈길 한 번 받아 보지 못한 못난 놈들만
모두들 손 털고 떠난 자리에
깃발로 펄럭이는 것이
어디
1200원짜리 장기판뿐일까

-「장기」전문 -

　나는 한때 모든 것을 노동운동에 다 바칠 것같이 설쳐대던
사람이었는데 지금은 그 노동현장을 떠나 한낱 소시민적 안일
에 머물러 살아가는 결국 그저 그렇고 그런 놈이 되었습니다.
그러나 시인은 결코 거창하게 운동을 한다면서 목소리를 높이
지는 않지만 언제나 그 자리에서 묵묵하게 '얼음이 채 녹지 않
은 철로변/언 손을 호호 불어가며/모두들 떠나간 그 자리에/노
오란 민들레를 피워냅니다'(「자갈밭」)
　성급하게 덤비고 성급하게 식어버리는 그 경박함을 준엄하
게 질타하는 것 같아 부끄럽습니다. 요즘 이른바 386세대가 화
려하게 등장하고 있는 것같이 보입니다. 그러나 그 화려함 뒤
에는 이렇게 동시대를 함께 했던 수많은 이들의 땀과 눈물이
있다는 것을 잊지 않게 합니다. 역사발전의 진정한 토양은 약
삭빠른 영웅들의 구호에 있는 것이 아니라는 것을 일깨워줍니
다. ' …… /보이는 것만 믿는 우리에게/보이지 않는 사람이 있
다/ …… /소리 나는 곳으로만 눈길을 돌리는 우리에게/한 발

짝 비켜 서서/저녁밥으로 끓고 있는 그가 있다/ …… /사진 어디에도 드러나지 않던 그가/어느새 서울특별시 우리집 안방에 있다/ …… '(「하계수련회」)

나는 지금 시인의 그 해맑고 착하디착한 눈빛과, 매사에 헌신적인 그의 아내 이경현 씨를 떠올리며 진정 행복한 삶이 어떤 것인가를 생각해 봅니다. 그리고 가난하지만 언제나 평화로운 그 가정을 볼 때 너무도 예쁘다고 늘 생각했습니다.

이처럼 '모두들 손 털고 떠난 자리에' 진득하니 남아서 역사발전의 꽃을 피우기 위해 '얼음이 채 녹지 않은' 이 시대를 '언 손을 호호 불어가며' 그 자리를 지키는 힘은 과연 어디서 나오는 것일까를 생각해 보았습니다. 그것은 다름 아닌 시인의 이웃에 대한 애틋한 사랑의 마음에서 비롯된 것이라고 생각합니다.

> 나이보다 먼저 익힌 가난에
> 학교 담장을 훌쩍 뛰어넘은
> 열세 살
> 알면 뭘 얼마나 알겠습니까
> 그저 엄마 치마폭에 묻혀
> 혓바닥이나 히쭉삐쭉 내 보일
> 그 어린 것이
>
> 노동을 알겠습니까
> 착취를 알겠습니까
>
> 흙이라도 파먹고 뒤돌아서면

금방 배고플 나이
단내 나는 엄마 젖가슴이
손에서 떠나지 않을
그 어린 것이

눈깔사탕 같은 사장 말에
제 키보다 큰 원단과 씨름하다
쓰러져,
잠이 들 때면
그저 노는 것에나 정신 팔릴
그 어린 것의 꿈 속은
온통
흐드러지게 피어나는
어깨동무 웃음꽃이 아니겠습니까

미싱을 멈추고
한줌 햇살에 휘청거리는
다락방의 점심시간
달랑 머리부터 빠져 나와
두 칸짜리 공동변소에 줄을 서다
초경도 이른 나이에
찔끔 찔끔 속옷을 적시는
열세 살의 눈물

-「열세 살 청계천 — 평화시장 1」 전문 -

이 시는 나의 콧등을 시큰하게 하고 눈시울을 적시게 하는 시입니다. 그리고 나를 돌아보게 합니다. 내가 청계천에서 일할 때 나의 동료에 대해 이렇듯 애틋하게 사랑하는 마음으로 일을 하고 운동을 했던가, 한때 그러한 마음이 있었다 해도 언제나 그러한 마음을 잃지 않고 지금도 간직하며 살고 있는가를 돌아보게 합니다. 돌아보면 참으로 부끄럽기만 합니다. 그래서 눈시울이 적셔지는지 아니면 자꾸 옛 생각이 나서 그런지 모르겠습니다. 나는 요즘도 가끔씩 그 '열세 살의 눈물'의 주인공, 이제는 40대가 되어 버린 아주머니들을 만납니다. 그들을 만날 때마다 고단한 지난 세월 다락방 먼지 속의 힘겨운 노동으로 빼앗긴 젊음의 상흔이 역력한 채 일찌감치 늙어가는 모습을 볼라치면 가슴이 저며 옵니다.

청계천의 어린 동심을 한없이 사랑하는 마음은 바로 전태일의 마음입니다. 전태일은 어린 동심을 위해 자신의 모든 것을 버리고 마침내는 자신을 죽이기 위한 결단을 앞두고 이렇게 썼습니다.

나는 돌아가야 한다.
꼭 돌아가야 한다.
불쌍한 내 형제의 곁으로 내 마음의 고향으로
내 이상의 전부인 평화시장의 어린 동심 곁으로
생을 두고 맹세한 내가,
그 많은 시간과 공상 속에서
내가 돌보지 않으면 아니 될 나약한 생명체들.
나를 버리고, 나를 죽이고 가마.
조금만 참고 견디어라.

너희들의 곁을 떠나지 않기 위하여
나약한 나를 다 바치마.

- 전태일의 1970년 8월 9일 일기에서 -

60년대, 70년대 초에 있던 어린 동심이 80년대, 90년대에도
그대로 거기에 있습니다. 그리고 그 사랑이 그 자리에 남아 있
습니다. 이한주 시인이 '전태일의 사랑'을 실천하기 위해 성실
하게 살아가는 모습을 나는 늘 확인했습니다.

오늘따라
허리 한번 제대로 펴지 못한 시다판에
송이송이 땀방울이 맺힐 때면
이젠 노란 봄인가 싶다가도
문화학교 가는 길
공장보다 한 철 더디게 오는
청계의 밤 하늘은 얼어 있었다.
천원에 열 개 귤을 담아 들고
덤 하나 별 하나 호호 담아 들고
쿵 쾅 쿵 쾅
계단을 오른다
딱 한 잔이면 사람 죽이게 웃어 보이는 신학이
자주 잊어버리던 안경을 오늘 숙희는 제대로 쓰고 왔을까
목이 긴 영애 신발이 보이고
아무렇게나 벗어 논 춘단이 하얀 운동화
토닥토닥 정숙이 그 옆에
새로 굽 갈은 현아꺼

휴
심호흡 한번 크게 하고
문을 열면
순대 떡볶이 반 가른 붕어빵 인자의 보조개
거기 저만치
봄이 와 있다

-「문화학교 가는 길 — 평화시장 15」 전문 -

시인이 문화학교에 사 들고 간 붕어빵이며, 순대며, 귤 한 봉지는 어쩌면 그 옛날 전태일이 점심을 굶는 어린 시다들한테 자신의 버스비를 털어서 사 주었던 그 풀빵이었는지도 모릅니다.

그저 속물적인 욕심을 채우기 위해 늘 이리 뛰고 저리 뛰는, 허망하게 바쁜 나를 생각해 봅니다. 그리고 어떻게 사는 것이 사람답게 사는 것인지 알 것도 같습니다. 얼어 붙은 청계의 밤 하늘에 화사한 봄을 맞이하기 위해 헐레벌떡 바쁘게 뛰는 그는 '애시당초 강철같이 단단한 데라곤 없었다/주위를 살피고 말소리를 낮추며/전략전술을 되뇌이지도 않았다/너는 다만/잠들어 있을 동료들을 위해/내일 아침 찬거리를 준비하는/작은 바스락거림이었다'(「애시당초 너는 — 평화시장 9」)

지난날 운동을 한답시고 현실과는 동떨어진 채 노선이 어떻고, 전략전술이 어떻고 하면서 서로 편을 가르고 서로에게 상처를 주었던 일들이 아프게 기억됩니다. 노동해방, 인간해방이라는 것이 당위성만 가지고 되는 것이 아니고, 목청만 올린다고 이뤄지는 것이 아님은 세월이 지나 약간 철이 들고 나서야

141

알게 된 것입니다.

이처럼 이한주 시인의 시는 나를 부끄럽게 합니다. 그렇지만 항상 따뜻한 시선으로 '창신동'을 바라보듯이 나를 바라보기 때문에 싫지 않고 정감이 갑니다.

사람이 살면서 많은 사람들과 이런 저런 만남을 갖게 되고 다양한 관계를 맺게 됩니다.

나는 나의 많은 관계 속에서도 이한주 시인, 김명환 시인, 이인휘 작가를 비롯 노동문학을 하는 몇몇의 문인을 알고 지내는 것이 참으로 행복합니다. 그들을 만나면 그냥 편안하고 친근감이 갑니다. 그들이 자기들끼리 문학 얘기를 할 때 나는 뒷전에서 듣고 있기만 해도 그 자체로도 즐겁고 행복합니다. 그들과 저녁식사라도 같이 하고, 술이라도 한 잔 마시고 나서 헤어진 뒤 집에 와서 잠자리에 들면 그들의 따스한 체온이 그대로 전해져 오는 것 같아 한없이 흐뭇해집니다. 이들 중에서도 이한주 시인은 나와 함께 청계 노조와 전태일기념사업회에서 일을 했기 때문에 그의 시가 나에게 더 감동을 주는지 모르겠습니다.

이한주 시인은 '울렁이는 시대의 노래가 되지 못'할지라도 '누군가 손이라도 내밀면/순대 떡볶이 불평 불만 …… /그 무엇이라도/그의 것이 되었으면 좋겠다'(「지금 나의 시가 — 평화시장 18」)고 했습니다. 정말 나에게 커다란 위안이 되고 힘이 되는 시, 그 시는 나의 것이 되었습니다.

마이노리티시선 5

평화시장

초판인쇄 / 2000년 2월 25일
초판발행 / 2000년 3월 10일

지은이 / 이한주
펴낸이 / 장민성
펴낸곳 / 도서출판 **갈무리**
등록번호 / 제17-161호
등록일자 / 1994. 3. 3.

서울 마포구 서교동 385-15호 남성빌딩 2층
전화 / 02-322-3841
팩스 / 02-325-7566

web page http://galmuri.co.kr
e-mail galmuri@galmuri.co.kr
참세상 ID gal21

ISBN 89-86114-29-1 04810
89-86114-26-7 (세트)

★ 잘못 만들어진 책은 바꾸어 드립니다.

이 시집에 수록된 시들은 한국문화예술진흥원의 문예진흥기금을 받아 창작되었음.